为了人与书的相遇

未完

365首诗

张静雯 著

广西师范大学出版社
·桂林·

图书在版编目(CIP)数据

未完：365 首诗 / 张静雯著．—桂林：广西师范大学出版社，2020.1
ISBN 978-7-5598-0067-1
Ⅰ．①未… Ⅱ．①张… Ⅲ．①诗集 – 中国 – 当代Ⅳ．① I227
中国版本图书馆 CIP 数据核字 (2017) 第 312414 号

本书得到北京当代艺术基金会“破壳计划”支持

广西师范大学出版社出版发行

广西桂林市五里店路 9 号　邮政编码：541004
网址：www.bbtpress.com

出 版 人　黄轩庄
责任编辑　罗丹妮
特约编辑　张旖旎
装帧设计　张　卉
内文制作　李丹华

全国新华书店经销
发行热线：010-64284815
山东鸿君杰文化发展有限公司

开本：787mm × 1092mm　1/32
印张：7.75　　字数：90千字
2020年1月第1版　2020年1月第1次印刷
定价：49.00元

未完的破壳

胡续冬

我是在2017年初替北京当代艺术基金会发起的"破壳计划"担任诗歌类作品终审评委的时候，才第一次接触到本书作者张静雯的诗歌。确切地说，一开始接触到的并不是张静雯这个听起来很像纯爱小说女一号的名字，是一个冷冰冰的匿名编号，我记得好像是034。这个本来应该很不容易被记住的无意义编号能让我现在都还记得，原因只有一个：编号034名下的那些诗，作为一个整体读起来感觉非常独特。

坦率地说，那些诗如果每一首单独阅读的话，会有一种泥沙俱下、良莠不齐的印象。有些诗写得颇有法度，修辞适当、控制得体，节奏和语感均像是出自已持有驾照数年的"老司机"之手。比如《如果忘记风》《味道》这样的诗，若无其事地切入，无中生有地展开，起承转合的小齿轮都运转得无声无息，放到任何一个诗歌圈子里的民间出版物中，都不会显得跌份儿。但是也有一些诗单独看起来显得很仓促随意，章法略凌乱不说，有时候还会不加选择地使用一些准鸡汤词汇。

然而，一旦把那些诗作为一个整体来阅读的话（事实上，它们也的确属于目标中的一本完整的诗集），就会有一种非常醒目的“在劳作中”的感觉。长期以来，人们对现代诗的“发生学状态”有一个很大的认知分歧。一些人对所谓“灵感”膜拜至极，认为诗歌写作是高度神秘化的“灵感”的产物，写作者的要务是通过各种与日常生活产生摩擦的心智状态做好接受“灵感附体”的准备。但是我认同的是另一种理解，就是认为诗歌写作是一种日常的劳作，不存在独立于日常生活、可以突降到写作者身上的“灵感”，写作者需要在日常生活中让感受力随时置于开放模式，随时都可以从事分行体文字操练，所谓的“灵感”不过是清醒、活跃的日常书写劳作中一种自我召唤的隐秘热情。

诗歌写作在我理解中不仅仅是一种日常的心智

劳作，更是一种无尽的、无休止的生存体验。正是在这种意义上，034 这个编号下的所有诗歌作为一个整体可以看作一个难得的样本，出色地诠释了一个把诗歌当作个人内在“修行”的人如何自觉地让关乎生存体验的诗歌写作以某种恒定的节奏参与到自我与世界之关系的日常性澄明与维护中来。在这种日常劳作中，单篇作品的完成度和耀眼程度可能已经不是那么重要，重要的是建立并保持一种写作的日常必需性，这种必需性所内置的对诗歌的信任将会在一个宏观的视野里把所有单篇作品的集合转化为一种让生命远离“完成”状态、永远指向“未完”的迷人的动力。巧合的是，034 为她的这本诗集起的书名正好是“未完”。

得知编号 034 对应了张静雯这个完全陌生的名字，是在“破壳计划”诗歌组的终审讨论会上。那次讨论会上几个终审评委之间出现了一定的意见分歧，因为同时进入终审的，还有一些一眼看上去已经高度符合当代诗歌书写“行规”的“高端”作品，有个别作品甚至能一眼识别出它大概出自哪个诗歌圈子里的年轻人之手。相比之下，034 某些单篇作品里的瑕疵则暴露出作者明显的“圈外人”身份。为了验证我们几个评委的判断，完成评选之后，我们请求工作人员“解密”了几个最终候选人的身份文件，果不其然，和其他那些其实早已“破壳”甚至还获得过各种大大小小的诗歌奖项的“圈内人”相比，名叫张静雯的 034 候选人对自己身份的描述显得格外地意味深长——“在甘肃省陇南市成县电子商务孵化园电商中心工作，一个写诗的体制内基层小干部”。

在得知了张静雯彻底的“素人”身份以后，她的那首《个人简介》读起来就更加令人爱不释手——

没有任何头衔
没被归为某一类别
除了姓名、性别、年龄
以及眼神里的清白
实在没有动人的简介
那些发生在身上的故事
又不便公开讲述

自我简介是奇怪、
难以书写的一种文体
我只能写上父母为了
区别其他婴儿，给我起的名字
上帝为了赋予使命，给我的性别
以及我已在人世度过的时间刻度
这就非常好。我希望我的简介
永远只有这三样，这才是
真正的简介
至于复杂的，那些关于灵魂
那些无用的热情
它不会被写在纸上

我和翟永明、欧阳江河三位终审评委最后一致决定，让张静雯成为“破壳计划”诗歌组的唯一一个出版资助对象，因为这个项目的初衷，正是为了让那些和诗歌圈子完全绝缘却能以一种高度自洽和内敛的姿态默默地从事诗歌写作的人“破壳”而出、不再被遮蔽。张静雯对诗歌劳作的孤独属性有着极为冷静的体认，她在《风是孤独的》这首诗里写道：

但孤独是多么美妙啊，就像
一滴雨用自己一生的时间
从空处落入空处
而且无人察觉

她已经做好让自己“无人察觉”的心理准备。不知道这个“破壳”的机会给了她以后，会不会帮助她在那条“只有自己知道的小路”（语出张静雯《女诗人的小路》）上走得更加笃定，但可以肯定的是，我猜测她深知真正的写作者永远都处在“未完的破壳”中，“破壳”是无限次、无终结的，每当她下班之后在昏黄的桌灯下又写下一行此前从未发现过的内心的颤栗，她就在“未完的破壳”中更深地迈进了一步。

目录

春

七楼窗外

一只白色的塑料袋在空中盘旋
降落，用一种不规则的路线
我惊异于这种凌驾于引力作用之上的现象
继续观察
几棵树的树干在左右摆动
树叶随着树干，有序地晃动跳跃
还有一种声音，呼呼作响
再无其他

我只相信我看到的
我所经历的
我们都知道，这就是风
风看不见，像爱
但风有其表现的形式
风用一件件事证明自己
它不是散文，不是小说

它只是一句诗歌，吟诵着自己
这就是风

在我想感受风，想看看风的时候
我看到了晃动的树干与树叶
飞舞的樱花瓣落在一大片樱花瓣上
这就是真实的风
——另一个世界的语言
它既不是虚构，也非虚幻

现在一切恢复到静止状态
而风确实存在过，且持续存在着

大昭寺前的阿妈

八年前

大昭寺门口磕头的人群里，有一位老阿妈

八年后

大昭寺门口磕头的人群里，我又看到了她

靠坐在一旁，我丧失所有气力

头顶的天空

上升的香烟与云连成一片

茫茫的人世啊

阿妈已老

谁能陪我回家

三月的植物

是什么在涂染着它
如此优雅的缓慢，如此精细
花苞逐渐变红，枯草从最深处绿上来
神秘的力量在精确地绘制

我们的局限性也在于
永远无法体会植物的感受
长年累月地扎根在土地里
就像扎根在时间的永恒中
如无意外，便一直存在下去

它们之间是否有一种我们永远无法
听到的语言。暗藏的智慧
这些绿色的植物
能否感受到来自外界目光长久地凝视
而如果有交流，植物开口的第一句话

会说什么？

不过，我并不希望我们之间有语言

那只会让距离更为遥远

如下所述

我想

和你谈谈那些，暗的物质

真空里的水流

火星上的水晶

那些你思考过却从未表达过的

清晨小吃摊上

包子与豆浆的热气

孩子在冬天红扑扑的双颊

落满了白霜的菜地

一只喜鹊飞起

一只喜鹊在漫步

我想和你谈谈

太阳每天在我右边升起

左边落下

河面波光粼粼，白鹭低飞
这是我的日子
想和你交换的内容
这是美的，我想让你看见的
别的就算了

我想和你谈谈，或者什么也不谈
这里什么都没有，除了
我欲言又止的唇

黄昏又降临了

黄昏又降临了——
悄然而至
神是存在的，至少在
这一刻

树保持惯有的沉默
在清真寺的晚祷声中
孩子奔跑而过

风是孤独的

风是孤独的
它拂动了万物，而没有谁
像风对待万物那样对待过风

死亡是孤独的，无人能唤醒
一场永久的睡眠

我不想描述
一种无源头的自私的孤独
但孤独是多么美妙啊，就像
一滴雨用自己一生的时间
从空处落入空处
而且无人察觉

乘火车远行的人

一个人站着，一个人坐着
一个人说，从广元到乌海
走了三天还未到
一个人背对着另一个人
他面前一堆鸡骨头
三个插耳机听歌的少年
望着对面的窗外
我们互不相识，与车厢里的人
与换车票的乘务员，与兜售小吃的乘务员
与车窗外飞快奔跑过去的房屋
田野、大地、花朵

火车把沿途的树叶拍响
我们乘火车远行
即使不在火车上

推销电话

400 个号码
姓名和 11 个数字
从第一个开始打
但先要隐藏自己的身份
姓名、年龄、喜好
我有土蜂蜜、金刚菩提、各种印度和
尼泊尔的宝石
不告诉你的是
秦岭野花的香味、山上果实的核
我穿纱丽的动人
眉心间的朱砂印，手背上的曼海蒂
被佛教化过的人，拥有贞洁与善良
杜巴广场飞快旋转
笑声令歇脚的鸽子厌烦

这是一个推销电话

先生，你要不要看看

我这里找到假货

要比找到真货难——

一万倍

消音器

从梦境直达幼年
在愿望中植入一台消音器
它将消除一切声音
只留下风雨雷霆
流水、鸟鸣和音乐
以及孩子对母亲的话语
其余一切统统消除
所有人将用肢体和眼神交流

车寂然行驶
人们无声地行走
店铺没有叫卖声
电视只有画面和文字
政客们书写自己的远大抱负
吵架的夫妻只看见对方的唇部动作
恋人们用眼神和亲吻表达爱意

泪水因无声而有了洗涤内心的作用
再没有喋喋不休的哭诉
人们不得不学会了节制
在这寂静的世界
一切感觉更为细微敏锐
听觉被分配给其他知觉

消音器是一个大拇指
它在一个适当的位置
把一切扰乱人心的声音
摁进大地深处
埋葬于厚厚的地表之下

写字楼风景

你看这穹顶
绝妙的建筑作品
钢架焊接、铆钉镶嵌
安装上彩色玻璃
堪比一座百年教堂
神圣美丽的穹顶
但它更像
一只巨大的变异蜘蛛吐出的钢铁网
一副庞然大物的骨架

站在铁质的胸骨内
仰视天穹
目力所及，天空被分割成碎块
悲悯心在瞬间被神灵捕捉
谁说，这不是另外一类教堂
我们日日重复笃信

一个偏离的信仰

尘埃在光束中庄严地运动
我们相互关照，但素不相识
并未产生任何的同情心
这完美的人类建筑
透出坚不可摧的强大意志
散发着腐败颓靡之气味
意志与气味同时向上，与云霄比肩而立
覆盖在城市上空
笼罩着千万梦想

如果忘记风

如果忘记风

就只会看到叶子在动

轻薄的杂物在空中飞旋

有时无序中的有序

有时它们暂停

我不确定它们是否有思维

但忘记风之后

就明白，它们一定有自己的理由

选择停止或飞翔

因此，有种被称为柳絮的植物

来去无踪、理由充足

现在我继续望去

一切又恢复静止

对这种神秘我报之微笑

我们存在的意义也许就在此

我不知道叶子是否知道我在观察它

也许这已是深刻的交流

并不需要语言

无题诗

1984 年 2 月的一天
一张日历被一个年轻的父亲 撕下，夹入书中
为纪念自己刚出生的女儿……

我凑近自己的内心
寻找那些潜藏在
自己姓名之内的往事
以及还没经历的千山万水
我祭奠那些逝去的日子
继而把自己当作一个远方来的人
客客气气招待一次
这卑微而又陌生的一生
我希望是一本黑色硬皮笔记本
写满诗歌，也落满灰尘

小麦金黄

昨天我们聊了很多
昨天我们达成共识
昨天我们把一些灰烬撒进一条河
昨天遇见浑浊的山水——
人们说，那就是我们
接下来的饮用水

昨天我想起那天
夕阳跳跃着
穿越初春的白杨树林
每一棵树似乎都拥有
一个完整的黄昏

无来由的自信弥漫开来
我们即将拥有整个世界

在我们交叠的双手中

夕阳荣耀着，小麦金黄

游戏

我在和光做一种游戏
它用树叶的阴影
遮蔽一部分诗行，我就去看
另一部分未被遮盖的
接着我未经允许
再去观察叶子被
投掷在书页上的影子
而暂时忽略诗句
一个下午，我们花费了两小时
把一秒钟，拉长加宽
放无限大。嗯，我们在四维空间
你可以理解成类似天堂的地方

因此我向植物与它们的
经脉致敬，我们对此心照不宣
在这样的游戏时间

田野与季节、庄稼与农夫

着实被我遗忘

我们继续做游戏

阴影、植物、光与我的游戏

诗人传记

致约瑟夫·布罗斯基

你可笑的旧灯芯绒裤也是罪证
不学无术，社会的寄生虫
你写诗，用黑色的墨水
讲真话，蚕食理想乌托邦
凭什么？谁授予你诗人称谓
“我想是上帝，先生
也并未有人授予我为人类”
你必须走，越远越好
你！不受欢迎，但我们欢迎你走
“让巨大的马车，带我去往他方”

后半部则较为平坦
上帝是大房东
靠租金为生
人们用多种方式支付
你用诗歌，悄悄地

替一些人承担一小部分

有少数人心知肚明

但大多数人并不知晓

而你更为伟大的一点

是拒绝兜售苦难

相遇

那么现在让我们谈谈这件事
仿佛突如其来，但绝对是妙手的安排
像河水经流过的每一个弯道
每一粒沙粒，每一根水草
所有的无意，其实是更为悬妙的有意
而你无法躲避
如同无法选择，无法预知
才听见声响，洪流已汹涌而来

继而你们喜悦中些许的惶恐
小心翼翼地计划
不愿浪费任何一次机会
尽管周密细致
仍有许多不可控制的事每秒都在发生
很多的故事，结局总是出乎预料
很多的小说，并无结束

然而相遇本身就已美好无比

像寂静长夜里两颗星

彼此照亮

戏

楼下又传来了争吵声
一个男人撕扯着自己的声音
粗野地怒吼。原谅我想起了
西北的秦腔，并非对艺术不敬
这个男声多么像是在表演
他表现着自己的愤怒以及力量
并极力借用拖长的尾音来掩盖
轻微颤抖的音色
他此刻站在了戏台上
他把声音从嗓子里扯出来掷入空气
空气像一面锣，被他声音的重锤击打
他扮演着一个自己渴望的角色

但你有伤口，朋友
你越用力，伤口被撕得更张裂

你的声音变为五匹马

朝五个方向飞奔而去

青铜

夜最深时

我开始锻铸青铜器

合金铜水流动在夜色中

制模、填芯、敷范、烘烤

最后制成重器

吻双耳，抚三足

我无休止地贪恋着

这黑色的线条

流畅的轮廓

它有金黄的色泽

在白天发出耀目光辉

但我要把它埋葬于黑暗，献给时间

它属于无穷无尽

被小声的啜泣吵醒

卸下无来路的骄傲伪装

一点点将自己浇铸进去

肉身血水化为

铭文上的一个字

我贪婪地企图与你融为一体

千千万万年，葬于土地

而此刻，有人死于自己飞飙的车中

蓝本

桌上咖啡杯尚有余温
客人刚刚告辞
你低头看着手中的小书
披肩与绿色的植物带来温暖
你的目光温和，你是破解了奥义的人
你是诗人，你拥有一个他人无法拥有
无限的宇宙
即使有过悲伤与欺骗
你也保全了一颗诗的心
黑色白色灰色全是暖色
现在你独自一人，但你拥有来自
他人的了不起的爱
他们爱你的全部

我想拥有你的晚年
你白发上的光华，每一道的

皱纹

——都是缓和的诗句

充满智慧的平静

一种满足的荣耀

你是蓝本，我晚年的映照

下一首诗

毫无防备，一颗来路不明的子弹
将我击中
不是一支玫瑰，不是一句诗歌
而是致命的子弹
……
但都过去了，过去了
我已不愿再追溯缘由
只是迫不得已
舍弃了不停流血的躯壳
投身于一本残缺的诗集
我向蜘蛛学习吐丝的本领，妄想
编织自己蹩脚的三行诗，用来填补
子弹穿墙而过的痕迹
你已带走了你想要的
而越来越虚弱的我

只能不停地把往事编织

在下一首诗中

一再地，彼此确认

一再地，彼此确认
我们不敢相信又止不住渴望
流逝与消亡，以无形的形态
胜过风吹灰烬，飘散
那些长醉不醒
以为可以永恒的一切
总有一天会被诀别取代
它的速度超出想象之外
这就是为什么，对于眼前的事件
我们一遍遍反复确认
仿佛要剔出自己的骨头
剖腹再剜心……
一再地，确认与被确认
似乎将不会拥有荒废的往事
初次见面之地
我们是施令者，也是执行者

是开始，也是结束

是——无休止的厌恶与纠缠不清

口袋里藏泡泡糖的人

下晚自习后在路边等我的人
沉默的人
细声慢语的人
拉二胡弹琴的人
骑自行车一百公里
在夕阳中看一眼火车的人
笔记本扉页为爱人写下
情诗的人
悄悄保存着女儿生辰日历的人
被手术后遗症折磨的人
失去妹妹半年后突然掩面号啕的人
一个，本不该
为我流泪的人

我没有对谁说过，上次见你
你看起来又瘦了，也老了点

我不敢面对的现实
便假装没有发生
报平安，乖乖做人
好好活着
做你期望的这些

而我总忘不了，那天放学
坐在自行车的横梁上，身后
突然从口袋里掏出一颗泡泡糖
递给我的人

春日

我也记得那一天
三月底，路边的杏梅开得烂漫
颜色新鲜，天真无邪
我也记得我们在咖啡馆
眼中只看到一个人

我们在宋庆龄故居
坐在河边的石头上好久
我的脚搭放在你的腿上
聊天，看游客过往
树荫下，偶尔猜测一下树的品种
好像是榆树和柳树
但树并不会在意被人们如何称呼
树有树的哲学
你微笑表示赞同
我们有说不完的话

要把之前缺失的年月全部补回来

那天阳光灿烂

整个世界洒满绿色的光芒

诺曼底已登陆，我们所向无敌

漫步在云端，轻盈

就要相爱一辈子了

没有任何事物会分开我们

钟表会停止在那一秒

松树会缓缓流下一滴松脂

我们的爱便永远凝固其中

也没有任何橡皮擦

能够擦拭掉你留下的印记

个人简介

没有任何头衔
没被归为某一类别
除了姓名、性别、年龄
以及眼神里的清白
实在没有动人的简介
那些发生在身上的故事
又不便公开讲述

自我简介是奇怪、
难以书写的一种文体
我只能写上父母为了
区别其他婴儿，给我起的名字
上帝为了赋予使命，给我的性别
以及我已在人世度过的时间刻度
这就非常好。我希望我的简介
永远只有这三样，这才是

真正的简介

至于复杂的，那些关于灵魂

那些无用的热情

它不会被写在纸上

你的名字

远山的雾霭、记忆中的钟声
沉入湖底的石头，所有的象征
——你的名字。无法发声的音节
幻影在它之上出现，幻影里
是我，而不是你
谁能否认，每一次问好
不是一次作别？
就像那天，我们告诉对方自己的名字
就像那天，你眼中的颜色流入黑夜
流入我的双眼

你的名字，一句无法翻译的咒语
一朵凋零的早春之花
一阵悠长的回声
日日夜夜，永无休止
而你并不知情

每一次的切肤之痛，都是

一次剥离，你的名字

逐渐淡薄成雾

味道

我喜欢刚出炉面包的味道
昏黄的厨灯下，柔和的色彩
我喜欢新鲜的蔬菜
在竹篮中控水的模样
一滴滴水珠微颤着，像刚洗完澡
还未来得及擦拭
我喜欢蔬菜倒进锅里时
欢快地一声“嘶——”
以及煮果酱时的气泡
浓汤低沉的咕嘟声

我想我是喜欢你
低头认真吃饭的样子
喜欢看空了的盘子
而也许我最喜欢的则是
用明火、用蔬菜、水果

用肉禽蛋、面包咖啡茶

用一切食物

炮制出我喜欢的一种

有你存在的味道

捶打

茶水中倒映漠然的脸
一位盲人将自己内在的激流
凝结为一滴水
并经由他的心
滴入了我的内心
被彻底淹没
我悲喜交加
轻微地战栗着
这世间一切不值留恋
唯有这杯中倒影
唯独这盲人之水

日日夜夜，我不断捶打着
你们看不到的那一部分

底色

但一定有什么在遥远地
呼唤着我
我想起看过无数次
仍想再看一次的夕阳
去世二十多年的外婆
她暗如深夜的盲镜
褪色的毛线帽、锡制的十字架
也想起了那个你不在的傍晚
与此刻窗外一样
灰蓝色天空，几缕的流云

还有什么镌刻在了我的内心
那无边际的画布——而你
是绘制一切的底色

永远

我喜欢这个词，在某些时候
虽然它违背了时间法则
并且在说出口之后，便
随上一秒迅速消失
但只要它一出现，仿佛
就真的是永远，空气静止流通
时间停止前行
仿佛那个刹那，被冻结
被冻结的还有永远背后的动机
这个魔性的词语，它与任何词语的搭配
都无法兑现
除非说：永远不会有永远

可我是多么喜欢这个词啊
比如你说：永远不
比如你说：永远是

似乎经你口之后

就真的不会再改变

是永远

百合

整个的花期寂静

迟缓、有条不紊

你是精确的

午后的阳光轻轻移动

为你加冕，你美得出神入化

又毫不自觉

你是时间中永恒的哲学家

熟谙生死、熟谙分秒

熟谙美丽是如何的倍增

无限扩大

直到你认为适可而止

唯有上帝的音乐才能与之相配

你含蓄里蕴藏风韵，并且

毫不介意无人识得自己

事实上，你有知、有觉

你智慧的结论就是：目光朝内

且轻散芬芳

落日

两千公里外的落日
的确比西北，我的这里
要稍早一些

此刻，那片水面一定泛起了
金色的光芒
啊，我们曾围着它
一圈又一圈地散步

那天，遇到了很多快乐的人
还途经了一个乐园
但是，除了日落
什么也没有落入我们心底

去草堂

烈日高照，但我想出去走走
这个我生活了十八年的地方
陌生感已消失殆尽
我像一只外来的蜗牛
找到一个躯壳，缓慢地
用触角与外界交流

是的，我渐入佳境
在山泉流经的石桥边
一盆洗好的衣服旁蹲着的村妇
与站立在山泉中的妇女说着什么
白色的梨花垂在梨树枝头
洋槐花一串串挂在槐树枝上
高速公路高架桥就在头顶
村里的路早已水泥浇筑——
通往重建后的杜甫草堂

对，我想起了伟大的诗人
走在他曾走过的路上

草堂之外，蓝天白云
凤凰山依然峥嵘
河流浑浊，大石露出河面
是否曾有相似的目光
注视过同一座山
我长久地凝视，似无所获
但又受益良多
“有客有客字子美”
都是客，都是客……
回头看去，谁家蔷薇正好
河岸边垂柳鲜艳

给我的母亲

世上再没有一双女人的眼睛
为我忧伤或喜悦超过这双
世上再没有一双女人的手
比这双对我抚摸时更有感情
再没有一张嘴，一颗心
出自更甚于疼爱自己的原因
相互折磨

作为头生的孩子
我多么幸运地享受着我母亲更多的岁月
我亲眼目睹时间如何在你身上流逝
我加倍着你在人世的苦楚
但那颗心那张嘴永远不会这么认为
再没有另一个人愿意承受
一个生命对自己的惩罚
我对你的回报是成为一个母亲

去体会你所经受的一切

你痛过的，我也必将痛

你流过的泪，我也必将流

你喜悦过，欣慰过的

我也将一一经受

这便是我们相爱的方式

这世上再没有一张女人的脸

比你更为美丽

写给四月

晚春与初夏交迭
我企图在一片雨林中嗅出
时间的蛛丝马迹
当一只小小的柠檬黄蜘蛛
悄悄爬上我的手臂
它红色的眼睛令我确信
我找到了——

人们从不同的远方蜂拥而至
默不作声，头顶烈日
他们滴落的汗水
有着同样的咸
河水浑浊，高大树荫下坐着贫困的母亲
孩子在沙地上赤身打滚
落日降临在旱季的淡水湖之上
一派神圣的景象

褐色皮肤的美丽女人唱着
听不懂的歌儿

鲜榨的热带水果汁，空气中鱼干的气味
湿热与热情，还有什么？
在任何星球上，我难道
一直不是一个外来者
一个连自己都不认识的陌生人
渴望一阵风吹来
从早到晚
只有热浪席卷着我

四月，我错过了你
但你知道，我未曾说出那句话
我们颠簸着行走
寻找的，或许是
废墟和雨林里的某种宁静

归宿

我是一个居住在秦岭深处的
甘肃女人
在很久以后才看到黄河
以泥沙和小麦的颜色
以庄稼作为水的形态
奔流而过
同样也在很久以后才看见戈壁
像土地突然秃了头

千年前的驼铃声暗藏在
每一阵带沙的风中
大漠的尽头
是祁连山顶的雪
我的眼前，一圈小石头和骆驼刺围着
一座圆形的土丘
摆放一旁的碗筷上落满了黄沙

哦，明白了

并非都像在陇南，人死了

会静静躺在碧绿丘陵中

在戈壁滩上

我们甘肃人还有这样一种归宿

夏

夏天

我想起来了
这是我们第二次看到现场求婚
男孩手捧玫瑰
围观者欢呼，似乎比女孩更为幸福
我们平静地坐着，远远地看
头顶上也有，流动的大屏幕遮住一块天空
情侣们借用数字技术不停地相互表白
并不吝于昭示天下
仿佛每个人都是自己的上帝
用几句话就造就了一个世界
我仰望着

我用比夏天更热的温度
爱上了夏天，以及
一个布偶、一个童话、冰镇的啤酒

我爱上幼稚肤浅的所有

夏天，在我额头浮现

在我眼睛深处……

静物

可供上下的楼梯上
上上下下的人流
可供来往的轨道上
来来往往的行人
可供飞翔的天际
可供奔跑的旷野
可供耗费的岁月
……都在我眼前一掠而过

五个小时，河北到河南
在一截小小的车厢里
我的角色
是能听得懂他们方言的
陌生女人
没人与我说话
真好！

我最为配得上的一件事就是

用发声的技能换取一种手艺

一点点拼凑出

一个接近完整的自己

完成静物的一生

多么好的早晨

读着诗，喝着热水
暂时不做不喜欢做的事
多么好的早晨
不去靠近解不开的
忘记了昨天，放弃了明天
拒绝了解与被了解
剪断绳索，只留一根
悬命

绿萝绿着
白鹤芋还开着
多么好的早晨
仿佛，下一秒我就会
安详地离去

浅

最后一抹橙色的云一点点
褪隐而去
天的蓝色逐渐被灰色代替
一只黑色的鸟像一个小黑点
划过高高的天际
白天褪尽了，夜晚将来
这是白日与黑夜交会的
灰色时段——
直至天空换上另外一种
更为深沉的蓝
……又一只飞鸟掠过……
我注视着
仿佛初见
夜晚不疾不徐的步履
仿佛万物应有的样子

我为又一次的确认

不露声色地窃喜

一头白骆驼

在祖国的西部，在敦煌

沙漠深处

一头白色的骆驼走过来

我们长久对视

它被拴在骆驼棚里

每天的任务是：与它的同类排成一列

载着游客

走向鸣沙山深处

定格为一张手机照片

成为某种证据

这头白色的骆驼并不怕我

但我怕，它眼睛里那片

被风沙养大的湖

不远处还有一头

褐色的骆驼，牛一样卧着
在厚厚的稻草之上

这也是丝路——丝绸之路
黄沙柔软如丝
这也是骆驼，有着两个驼峰的沙丘
温驯的它们与温驯的我们
忘记的故事一样多

右鬓角的白发

这让我感到有些惭愧
每次梳头发时总会小心翼翼
遮掩住它们
我的经历并不能配得上
母语中某些象征意义
我虚度的光阴，更配不上
它们似乎是在很明显地暗示着什么
而我却有意忽略

可我每天不得不面对两次
一次早晨挽起头发
一次晚间放下它们
仿佛两次对自身的拷问
措辞再三强调
剩余的墨只可用于写字
直至右鬓角的白代替全部

我只好再向上苍祈祷一遍

愿终有一天

能配得上白雪般的白

一个我

当拒绝写我时
我无物可写
去往虚构地点
我的激情被颠簸的山路
拥挤的车厢抛掷挤压、
推搡，我也对它心生厌恶
它是我右手的六指

我想揪出躲在陌生人群中
耽于幻想的另一个我
我想对准了她泪痕未干盲目的脸
唾之以面，让她消失或苏醒
以便彻底被抛弃或回到我

但无计可施，激情
已被日复一日地损耗

像多年前的一页情书

被阅读、讥笑后弃于窗台

那些字眼里饱含的热情

渐渐模糊，信纸脆弱发黄

没有风，它在变老

阳光下残存的岁月

苟延残喘，直到彻底消失

但它也曾经崭新明亮，被一颗充满爱的心

付之希望与梦想过

小雨在下

天空之眼起雾
遮住蔚蓝的海水之蓝
雾为灰色的弹性织物
雨从其缝隙中挤出来，
用自己的方式，降落
有时雨慢慢停下来
就像有人抬起手缓缓抹去一把灰色

对天空的疑问：每场雨的
最后一滴何时落下？

小雨在下，落在湖面
落在我的脸上
我从未像此刻这样
迫切地想成为一滴雨，落进
自身命运之中

我看到

我看到风吹动

窗前的白色纱帘

我看到阳光照在泳池

鸟儿飞翔

我看到树从石块间长起

树根暴突，树冠参天

树枝成活的铁窗，挟持着黑色的石块，

石块上刻着千年前的一场雨林战役

战象与手持长矛的勇士怒目而视

我看到一脸茫然的人

我看到渴望已久的事件

一本书卷徐徐打开

只有白纸，未见黑字

我看到隐藏在微笑背后的事件

上帝送来所有我看到的

大量的小说情节砸向我

像旷野里的冰雹

我无处躲藏

突然，我有一种

为泡沫而放弃一切的疯狂念头

崩密列

成为众多坍塌石块之一
让植物从我的内心生长而出
直至崩裂我的骨骼，分崩离析还原
一个真实的我
在这片湿热雨林中，我可以随时亲吻
但仍然无法触碰到你

沉落在时间的深海
海面浮荡意味深长的微笑
而这片永恒的废墟，散发怎样的磁场？

我感到恐惧，并非别的
而是时间的另一面——

你如此沉默，看到了什么？
从前、未来、过去、现在

你是某种暗示？——

颤抖着内心，对着消失了人影

时间可现的形象，生长着的石块

我坦白：我来自遥远的大陆

我的血液古老，灵魂里潜藏祖国

我将敬意献给你

如同献给祖国和母亲，献给

废墟之上第一缕曙光和第一滴雨

抄袭者

我是一个厚颜的抄袭者
以一种被自己深恶痛绝的方式
不可避免地，不断抄袭自己
是雨中前行的一个背影
是众多无意义的存在之一

而我竟被赋予权力
用大量的时间
缔造一个独一无二的人生
但只是机械盲目地抄袭
随意滥用着职权
并隐约有些知足，满意
这是个极大的认知错误
……
彻底败于命运的人
连悲剧也算不上

甚至连此刻的焦虑感
也因为被重复体验过无数次
经验便让我笃信
这种感觉很快就会消失
如此，抄袭者被自我抛弃的
庸常一生，显而易见

五月

轻而易举
就被一些细微之物打动
一朵花不同于昨日的花瓣
一阵微风、一段旋律
一艘小船驶过留下的水痕……
落日西沉，月华满天
以及整个的五月
和盛放在五月的蔷薇花

还有触目惊心的那些
清晨，横尸街头的流浪狗
河边草丛里一只蝌蚪变干的尸体
而不远处的水中，则是一群群
摆着尾巴游弋的同类
是谁将它带上岸，又让它死亡
我转移视线

我佯装漠然

不敢再联想到其他物种

因为生命的易逝与短暂的美妙

因为两列火车擦肩而过

望向窗外怅然的眼神

因为被我紧紧护住

绝不允许任何人来蚕食的岁月

意义

没有任何意义，我写诗

就像云已承受不了自身的重量

将一部分自己

变成雨落了下来

雨不会从自然科学的角度做自我阐述

它只是顺从降落的意志而降落下来

我也不是自然科学家

如果想探讨意义

我便去看看山峦、河流、田野

再近一点，看看雨中的一片叶子

和踩着水花的小男孩

如果你说不懂

我也笑了，因为

雨可能并不在乎被赋予意义

薄暮

夹在两栋楼的缝隙之中

一抹夕阳

被信号塔的钢架刺穿

一个孩子的哭声回荡在空气中

燕子低飞

黄昏离我越来越远

这个世界上唯一与我对话的存在

我逐渐沉默为

盲人或聋哑者

继而

把一个不敢提及的词语

摁进黑夜

盛夏

一只乌鸦由近及远飞翔而过
麻雀停在电线杆上
梧桐树下乘凉的老太太摇着蒲扇
落日余晖透过树叶
洒在放学回家的孩子身上
微风吹拂，杨树叶翻转着
叶子，折射出不同的反光

天空停息着蓝色
云进行缓慢的变幻
一栋大楼所有的玻璃窗都映照出
它们的身影
我坐在这里
忖度无声的语言
等待一场更为盛大的宁静

两只喜鹊再次飞过

云仿佛在瞬间

将自己隐藏在天幕之后

于是天空只剩一整块

无边无际的蓝色

另一种寂静

雨是寂静的可见形式
——另一种寂静
远处是熟悉的风景
我对一切漠不关心
这是我与世隔绝
保全自我的习惯

一首诗却轻易让我颤抖
像那只挂在电线上
垂落的风筝
微颤着
被雨滴敲打

我们早已被上帝遗弃
理所当然，我拒绝
一个毫无指望的等待

魔幻现实生活

我所坐的位置让窗外景观
以极快的速度退避远离
我们中间的力将我们拉开
我退出一种不属于自己的生活

对面的男人对女人耳语
这对坐在火车硬座的中年人
在研究对面的火车驶向何方
隔几分钟就漫溢出泡面味的绿皮车厢
总有一部手机开着扩音
一首九十年代流行歌曲
震动耳膜

尽量避免肢体接触
尽量避免目光相碰
我们小心翼翼地保护着自己

不泄露过多信息

可怜众生，我身在其中

没人知道我从哪里来

将到哪里去，也不知道我

刚刚经历了什么，正在

经历着什么

七月

想起
酥油灯明灭的光
口中念念有词
添灯油的少女
合十、俯身跪地
触碰地面的额头
墨镜后的泪

怎么
我说的你不信
一些地方会让人
甘愿滞留一生

我走过的路
你已走过无数遍
我仰望过的佛塔

被你的目光抚摩过无数次

一些相遇在此之前

早已有交集，现在

一无所有的我

只能从五脏六腑中

反复翻寻，再掏出

窗

某种意义上，这扇窗
提供另外一种判断
它示意我区分重要
与非重要事件
有一架延时摄影机
如实记录着
在这扇不足一平方米的
玻璃取景器之内
时间如何将自己的形象投映在山峦之上
借用植物不同的状态记载四季更迭

让我试图形容一下难以描述的夏末：
那些苍翠茂密的树木们
用一种暧昧的湿润气息
狡黠地暗露一点点讯息
而一场大雨之后的碧空

让窗变得更为清透

天空和玻璃窗

一样纯净，一样蓝

无色

那时一切是灰色的
没有大气层
地球类似月球的颜色
我们只能靠眼前移动的事物分辨彼此
“滚动的陨石残骸”
“火山砾的爆发”
也不算太差
就在明亮出现的瞬间，我爱上了
第一眼看到的人
另一个灰色的弧线构成的人
那是最为可怕的一天
我脚下蔓延流淌的液体突然出现了
前所未有的色泽
一切有了颜色，我们有了声音
空气有了震动，我发声的第一个词是她的名字
“Ayl，海是蓝色的，太阳是红色的

星星是黄色的”，我把它送给你

……

但她拒绝了，她不喜欢变化

在岩石定位前一秒

她选择待在灰色的一边

而我则永远地留在这里

一个人

观看树叶在每年秋天变黄

我甚至无法想象出她的样子

连最遥远的记忆也没有留下

香樟花

像片片雪花

香樟树的花朵轻轻飘落

在自己的树冠投下的影子中

积攒下厚厚一层

它们的一生都不会见到雪花

但一到冬天，下大雪的日子

在它们待过的枝头

就会覆盖上同样厚重的雪

沉甸甸，压弯枝头

那些雪也会簌簌地落下

和夏天的香樟花一样

从同一个的地方，飘落在同一个地方

继而融化于时间之中

它们都有雪的命运

写给八月

很早以前，它就端出了自己的盘子
有太多的东西
有歌声，很多朋友
夜晚灿若白昼，河水长流不倦
青春是不朽的，不过从一张脸
移到了另一张脸上

它没有收走，是我放了回去
我渴望的比拥有的更少
并且了解一个奥秘
悲伤并不会压倒一个人
因为它和快乐一样，很快过去

镜子里映照出远山
山腰处，白色的群鸟飞过
夜晚降临，大山换上黑色的衣服

昼夜流转着，四季轮回

我看到自己老之将至

我等待着，并经过一切

路过

油腻的水面忽然冒出一串气泡
一定是有鱼在水下路过
我四肢奋力，朝目标游去
那些漂浮在水面之上
由无数水沫构成的孤岛
但是泡沫具备的不稳定性
让人还未靠近
一部分就已轻轻破碎

可我眼下唯一的目的
仍然是攀爬到其中一个上面
因为我看不见别的
在冬天到来之前，命运已经安排我离开

告别夏天

该开的都开过了，该说的
也都说了
再忍忍，不需要太久
湿气就散尽了
秋天已临近
到时候，就会像这只
在树荫下打盹儿的猫
不需要耗尽所有跳跃时带起的风
用来取悦主人

过去的几个季节
凡被我双眼注视过的
我都为之写过诗歌
现在，是时候把它们放回去
还给日月、星辰和风雨

看呐

黎明的凉意是多么友善

回忆之夜

那些被眼睛逐一点亮的星光

是掩埋在记忆中

不敢回放的日子

我一定是世界上最脆弱的玻璃

甚至只需要一个眼神

就颤抖着，纷纷破碎

不曾被写下的

怎么能够用一个词写出一片大海
我只能低头看看自己
沾满了细碎沙粒的双脚
海岸线漫长
望不尽的蓝
我是其中微不足道的一点
艳羡着海鸥的叫声和轨迹
而我只能把声音放在心底
嘶哑或低沉
轨迹，也只有放在脚底
是海在书写我

此刻我拥有一整片海洋和天空
蔚蓝的宁静
并停止了在所有人
眼底的流浪

夏

蜗牛伸出触角在确定前进的方向
蚂蚁排成长队搬运食物
幼蛙跳入浅滩
蜜蜂飞上花蕊
河水浑浊，上游一定下过雨
小麦收割，稻草人已回家
麦茬燃烧过的灰铺在地里
来年又是一块沃土

布谷、喜鹊、啄木鸟、乌鸦
还有不知名的虫子
叫声此起彼伏
夕阳慢慢下沉
远山青，有风吹来
暮景深，炊烟四起
一片黄叶突然将自己落下

……

你看，我们什么都没有错过

也没有什么可隐藏的悲哀

画前驻足

是时候停下来喝口水
是时候停在这里看看风景，这荒原

一阵狂风，拂动它闪光的鬃毛
汇集了夜晚星空剩余的全部黑色
汇集了所有绿洲之水的眼睛
眨动，抵御着外来物
保持着亘古的宁静清澈
它肌肉的力量蕴藏在
身体流畅起伏的线条中
无一人不为之倾心
它踱步、打响鼻，与外界保持
一种恰如其分的松弛与紧张

这匹母马
短暂休憩后。用后蹄画出完美的弧度

一枚被精确瞄准的子弹，慢镜头回放

它直中靶心的惊人流畅

你理所当然认为

目力极处，地平线尽头

它会轻轻离地

向上、向前，腾空而起

在此刻

你相信一切皆有可能

妥协

我们是不是都在
等待着什么
将时间交付于命运
或将命运交付于时间
我不知道，这是不是向植物
学习到的一种技能和智慧

而我们等待
是不是仅仅只是因为
没有选择所做出的妥协

譬如，用一生的时间等待死神的到来
用所有的想象等待一次偶遇
用短暂的相聚等待长久的分离
用深沉的睡眠等待被唤醒的一刻
用有限的文字等待一个流畅的表达

我们等待

如此地倔犟的执着

走不出的地方

再后来

你是位于西北偏南方向的一个小镇

地图上我用指尖触碰的一点

那里的土地，埋葬着

我的祖父母，也必将

埋葬我的父母

可我无法预测，自己将葬在哪里

你在记忆深海

不定时浮出

换口气，又缓缓沉下去

不曾掀起一丝波澜……

现在我只是隐约记得

西北偏南的方向

每年冬季的暖湿气流

你是走了许久也未曾

走出的地方

最后一个要求

仅从过去和未来中摄取
就足以悲从心起。我们
不敌时间
灯火璀璨，路灯、车灯
每个窗口的灯，都与星光对峙
黑夜无法躲避，黑夜获胜

石子路颠簸
携一只手表和一面破碎的镜子
我走了——一个未知的未来
和已知的结果
我们到了轻描淡写的年纪
因而从此以后
再也没有遇到类似于你的人

但我还有最后一个卑微的期待

恳求任何事物不要挡住了

我迎面而来的风

别挡住了，所有我观看的晃动

以及那些不确定的方位

别离

我们朝车站走去
许多人走出来也走进去
许多我们的同类
怀着不同的目的，挂着相似的表情
手握一张印有自己姓名的车票
乘上开往某地的列车

但我留下了
留在列车启动前一秒
隔着车窗，猛然间晃动时
我们彼此的对视中
像一根木料，我把自己
运用榫卯技术，永远地
深嵌于那一秒

你变成雕塑，沉默在站台

我化为无常，押解着自己的性命

去往黑暗深处

离别后，我沦为三界中

唯一一个异乡人

洞里萨日落

就在一个瞬间
又到洞里萨湖
三轮车驶在崎岖的道路上
热浪与尘土扑面而来
湖边沙地上打排球的学生
晒得黝黑
从未有湖泊如此浑浊
但也许这就是真实的湖泊
湖底是无尽的泥沼
旱季的洞里萨湖
让人不敢靠得太近
露骨的贫穷
像散发在空气中鱼干刺鼻的腥

湖面下沉，木屋柱子
包裹着泥巴，半干半湿

开船的小伙光脚
拇趾踩一根铁丝控制油门
当船静静停在湖中
他坐到船尾，唱起了柬语歌谣
我们开怀地笑，又逐渐归于平静

落日渐沉
染红半面天和湖水
最终沉入浑浊之中
像回到自己的家
每一个地方的落日都是不同的
因为经纬度不同
我们再度被看过无数次的自然景观感动
尽管我们知道
这仅仅是一次平常的落日

内心戏

然而，还能怎样改变

这一年我不停地反省自己

肯定、推翻，再肯定、再推翻

自己斗争，自己和解

无人看透我的内心戏

我不停地撕碎又仔细地缝合

查看每一道缝隙

仿佛青春唯一的目的是留有懊悔

仿佛刹那间就已人到中年

秋

中年秋天

秋天摇动了我的白鹤芋

它们交谈

从缓慢到缓慢、寂静到寂静

秋天给我蓝和别的色彩

于是我选择在秋天死去

为了一年中最透明的空气

我会怀念一条

再也不会踏上的小路，我也会

像中年才遇到的秋天

爱着你

旷野

一直坐着
逐渐地，理解了很多
黑色土地上覆盖着未消融的积雪
小麦伸出翠绿手掌
长高、变黄、金黄
麦茬会在地里燃烧成灰
作为来年的肥料
还认识了豌豆、土豆、向日葵
我们交集彼此的命运
经由风与目光，我们触摸对方
最后我慢慢吃掉它们，于是我的身体里
也有了小麦的金黄、
向日葵单纯的愿望
它们都变成了我

我的身体，成为

一片茫茫旷野

女诗人的小路

女诗人都有一条
只有自己知道的小路
一次次漫步
牵着幼年时的自己
不必担心什么
每次都用四只眼睛观察
她保护着脆弱的小小的孩子
女诗人都有一个花园
一封遥远的不曾开启的来信
阿赫玛托娃、皮扎尼克、
狄金森、玛丽·奥利弗
她们没有写诗，不过是记录小路所见
她们拥有译者的眼泪

夜晚降临前
她们走进各自的家

眼中闪烁着雪花

肩头上落满星星

有一天走累了，就

盖上自己写的诗句

倒地长眠

风中的蒲公英

现在我已恢复如过去
波澜不惊地安静
像一朵开放在草甸上的
蒲公英。在一阵恰好的风中
轻轻飞出去

在风中，我安静地等待着
它把我放在任何地方
我都会满心喜悦

剧情

作为对季节的回馈
我也细心地清扫落叶
剪去枯枝，埋葬
死于枝头的花朵
流离在一簇未开的
石竹花前
凝视被遮蔽的部分
黄昏为我竖起壁垒

然而，整个傍晚
我都沉浸于
许多拥有完整结局
却并未开始的剧情

那不是你

不是，别人眼里口中的
——不是你
你演奏时怀里的大提琴
书写时的笔、阅读时的书……
所有专注时刻释放出来的讯息
所造成的人
那不是你

你是，独坐沉思中
想驱使又指挥不动的一个人
在密不透风的世界，与世隔绝

最为重要的是：
你并没有生活在你渴望的生活中
你是你永远也成为不了

却梦想成为的那个人

其他种种，那都不是你

九月

我在甲板上
拾起从天空掉下来
有着蓝色翅膀的小鸟
抚平羽毛，将它们
一只只抛入大海
这些奋力迁徙的候鸟
总会在精疲力竭之时落进
一片汪洋

为什么我有了再次流泪的冲动
为那些早已死去的自己
我所惧怕的是，直到最后一刻
也未曾用尽全力
起飞过

巴勒斯坦诗人

是谁，背负着被以色列夷平的

贝尔威哈村庄，

却在以色列流亡

被捕、再被捕

这其中，什么是你的药?

梦中的巴勒斯坦

她的眼睛与声音

沉默、出生与死亡

你的诗歌属于谁

巴勒斯坦? 以色列? 亚洲?

还是属于你望向天际的眼

你把泪水流进眼睛里

再没有贝尔威哈

但巴勒斯坦的天空永不消逝

一只鸟儿正在飞翔

秋天的秘密

几天以来，我都在考虑
如何积攒雨水
以便埋葬落叶
对，向来我都沉迷于表象
并被其蛊惑。向来
我都轻信美好
轻信微风抚动狗尾巴草
是基于某种远古的善意
我相信有某种秘密
隐藏在秋天的果核
潮湿的青苔中
隐藏在突然离开枝头的
落叶声中

顺从

这个世界上，唯一可以顺从
我的心的，是我的手
它替心做一切事
比如摘下一根狗尾巴草
比如触摸小水塘，扬起一些浪花
心不愿意让人看到眼泪
手就帮它抹去
手不会欺骗心

还有什么事是手不能做的
要生存，手就劳动
要爱，手就抚摸
要想拥有的时候
手就向远方伸得很长
像心宽阔的延伸

四把长椅

是的，今天我再次经过这四把长椅
第一把，女孩坐在上面低头看书
第二把，母亲带着两个孩子在吃蛋糕
孩子的脸蛋上沾满奶油
第三把，老人望着远处，
脚边卧着他的斑点狗
第四把，一个男人正躺着睡觉
是的，我想起
暹粒某个餐厅
贫穷的妈妈给小女儿过生日
四个人拍着手唱了生日歌
分享一块小小的披萨
我也想起某个夜晚
与几年未见的二叔坐在第三把上
他应酬喝醉了，说起家里的事
最后我们都哭了

我还想起一个初冬的夜晚
我走累了，坐在第二把上
打了一个长长的，没有结局的电话

坐在河边的女人

一个女人坐在河边
背对着所有人
和一树开在夏季的花
她穿蓝裙子，头发干枯
但高高束起
河水浑浊，水草茂盛
走过的路人，
惊飞藏在草中的一群
小麻雀哗啦啦惊飞
戴草帽的男人
骑自行车经过
不会有漂亮的女人在清早
就坐在河边
穿蓝裙子的女人在思考

从前那些

和一个人客客气气的

日子

最后的正剧

烟蒂被熄灭在了几瓣凋零的花瓣上
它们褐色皴皱的身体，残余的水分
还有力量终止一场微小的火灾
也能承受被烫出几个洞
但新鲜的花苞和怒放的玫瑰却不行
那会是一场惨案
没人下得了手

一个年老女人也能承受
一个年老男人孤独的疤痕

这是凋零之时
既非喜剧也非悲剧的
最后的正剧

家

两株风信子半开了
抽出紫色的花蕊
山茶、海棠、兰草、龟背竹、滴水观音……
草木葱茏
白色的瓷砖霉斑点点
厨房荒无人烟
这一觉，我睡了多久?

十年，变旧的房子
小而凌乱
人间还有哪个地方，方向如此明确
容忍着一个人的所有

雨

雨把夜晚的宁静带到了白昼
雨造就了看得见的
白色的夜晚
雨有消音功能
消除嘈杂之声
雨打在水泥地上，一个个小水潭
互不干扰
一滴雨就是一滴雨自己的全部
它把自己降落，再把自己消亡

雨是夜晚奇迹的显现
雨是大地轻轻一跃，我们跟随着
在云中行走

雨有自己的历史
用自己的方式书写

其声音，与人类书写的声音一致

最后雨停止了清洁，它擦拭绿色

绿便更绿，天空逐渐被擦亮

白色的夜晚渐起变化，成为

一个白日的傍晚

这就是雨的魔术

天黑以后

等着天，暗下来
慢慢地
像燃烧的火，渐渐弱下来
直至完全的黑暗、荒凉

把白天的意义归还给太阳
连同它赠予的影子

我们就像往常一样说话
你看不见我，我也看不见你
黑暗中我们也看不见：雪
一片一片落在了
湖面
我们在想象中，像前世那样
再次认识彼此

给一个也叫保罗的人

米拉波桥下的水
桥上刮过的风
脚印，被杀死者与
侥幸逃脱者
蓝色的天空你的眼
塞纳河你的心流亡之处
加重了一具投水者
身体的沉重

在目睹了浓烟滚滚
和自溺的中间
你留下了什么?
德语的轻柔、阴性词的
哀歌?
世人流着泪无声地在那堵墙边
掩面哭你哭我

跪地亲吻这些词

还有谁的心，比一具尸体更为沉重

还有谁

以永恒的方式短暂逗留过

只有你知道

深夜我们谈到未来的几种可能
相遇在人生的中途，我们是好朋友
志同道合

话说不说都没有关系
未曾交集的岁月和沉默时的会意
使得我们安坐于林荫道旁
一切似乎都趋于完美

而你知道
我想说什么

生活

有时我喜欢身为女人
有时我喜欢妩媚这个词语
有时我喜欢对着大自然任何的
微小或盛大报之以微笑
发自内心
有时我是孩子，观察蜗牛和蜻蜓

我喜欢平静的日子，孤身一人
甚至再偏向寂寞一些
有时我们知道，流着泪的人
还有很多
但我是如此狭隘
没办法悲悯众生
我也身在其中
如果你流出血泪，那么同时也
折损了我的寿命

我们罪孽相等，我们的命运
气若游丝地彼此相牵

而我现在的生活就是我的命运

那么，我们也一样

那么，我们也一样
像花瓣被春天打开
像豆荚被风吹裂，滚出一粒粒
饱满新鲜的豆子
像无人采摘的浆果熟透
掉落在自己的树下
像骤雨初停后的曦光
空气中的清凉

这些突如其来
又水到渠成的动作
让我们小心翼翼地爱着
因为我们知晓
其中短暂的奥秘

礼物

如果你来，我就带你
在这河边走走
慢慢地走，累了
就坐在椅子上聊聊
天空会轻轻暗下去，身边的
玫瑰渐渐静下来
如果你来，我就与你一起
听听傍晚六点清真寺的念诵声

像相识多年的老朋友
或者我们也可以看看
一场风雨来临之前
地上匆忙的黑蚂蚁
小鱼突然跃出河面
大风中
掩着裙裾脚步匆匆的姑娘

等你走的时候呢

我就给你装满

清晨刚摘下的樱桃

做一只羔羊

白色的羊毛在蓝天下闪着光
放开四蹄奔向草原或奔往
茫茫旷野
顺从于我，一只羊的命运
也忠心地
爱着我的牧童

跳跃着
追逐云的影子
咩咩叫，不为别的
只为给世界万物增加一种声音

做一只羔羊
用羊的眼睛去观看
完成一只羊在世间的使命

也许仅仅是待宰——

那是我的归宿

也是上帝的旨意

某一天

天地布满阴郁的灰色
我们坐在长着青苔的
木椅之上
不远处是更深颜色的海
白色的浪花翻滚，海鸥低飞而过

无声中有交谈的低语
使用着上帝对人类的语言

交握的手背有皱纹
手心有老茧，头发被海风吹乱
我轻轻靠着你的左肩
——像年轻时那样

这一刻，我既不开心
也不悲伤。现在我们

服用同一种药，治疗同一种疾病

未来就在眼前，未来就是

明天醒来我还能看到你

睫毛的颤动

去趟医院

去趟医院
能解决很多难题
譬如治愈不了的闲愁
譬如，看到花白头发的儿子
牵着老父亲的手，牵得那么紧
走得那么慢，就像
父亲牵着儿子的手
何况，他们还穿着一样的
夜市售价十块的拖鞋

你也曾寂寞并喜悦地生活

我希望我能一直这样地走

直到生命尽头

有时

低头看看水中的鱼

再抬头望远处群山

芦苇青了又黄，永远摆动在风中

我希望我能一直这样走下去

路过每一张陌生脸庞

黄昏中菜市场收摊的女人

骑三轮摩托车的男子

愿你们平安健康

风调雨顺

我走在我寂寞的日子里

平静又满足

我希望一直这样走

直到躺进清凉深邃的地下

我会对自己说：

你也曾寂寞并喜悦地生活

一首老歌

我没有听出悲伤
尽管她低语的是一个悲伤的故事
一只白鹭也没受到阴冷天气的影响
它舒展了翅膀，利用惯性
掠过衰草丛，娴熟优美
——“滑过天空的白十字架”

上帝建造了耶路撒冷
却让人们用来哭泣
我们脚底没有生出道路
却有了狭路相逢
因为有些注定的轨迹
像金星与木星的擦肩而过
——超越在人类的计时方式之外

"Old lover, you miss me
Over the ocean"

如果你曾是河岸，我曾是河水
那么永远都是……

如果相见时热烈，那么
告别依然热烈
并且永远

第二首十四行

分辨不清你眼睛的色彩
黑色、蓝色、褐色还是灰色
你每眨一下，我就消融一点点
而我早已忘记，身在何方

注视着彼此的双眸和未曾
交会的日子
将白天补好的网
撒向深邃的夜空

一个清醒的智者
癫狂的哲学家，永远
长不大的孩童

遏制不住自己

寻找的欲望，我将网

撒入茫茫旷野和色彩最深处

为什么

为什么，看不够云的流动
为什么，看不够水的波光
为什么喜欢词语轻缓
浅色温柔
在人类犯的不可饶恕的错误中
在泪水与哀愁的无奈之后

为什么，我总是避重就轻
永久地保留下
零零星星的醉人片段……

男人和女人的生命

男人和女人的生命
被精确切割为秒
指针的声音震动着胸腔
空旷与寂静，回声沉闷

这是上帝爱人们的方式
他用缓慢又适度的节拍
来缓解我们的不适
好让我们在回味那些令人眩晕
一闪而过的快镜头时
有足够的时间哭泣
有足够的时间欣慰
也有足够的时间
一秒重复一秒地
去愈合生活之切口，去遗忘痛楚

风险评估

六枚“宣统通宝”铜钱
《梅花易数》《易经》各一本
中性笔和笔记本总共四块钱
一个黑色帆布包
以上是他的全部家当
一双脚和十个指节
用来走路和算数
数由天定，他负责算出来
遇事的人想提前知道自己接下来的命数
胆战心惊摇六次“宣统通宝”
听他按卦相解读和泄露天机后
相信就能避免很多劫难

一个带孩子的女人哭着听完他的话
抹着眼角离去，她的手真粗糙
他似乎真的参透了天数命理

包括自己一生
就是用来偷算出上天的布局
再转手贩卖给凡人
这古老的技艺与交易行为
信的人虔诚，不信的人不齿

但只有他才知道
现代医学把这门学科与技能叫作
心理学和心理医生
他们负责医治人心
而这位，也负责为那些
不知道心理医生也付不起
心理咨询费的人
预测和评估生活中的某些风险
再适当给予一些希望与抚慰

那个抹眼泪的女人
希望她的风险值为零

致敬

黄昏与黎明何其相似
在静寂中等待彻底的明暗
我比你想象中更早地感受到了
你固执的孤独
在你的眼中，一切无生命的
都活着
一切有生命的，都是死
而一切永恒的，瞬间消逝
原本停止的，运动不息

那么，在你思想的深远里流淌着的河流
来自何方
谁的心，没有接受过来自
自己命运的鞭笞

在你宇宙般深邃的眼睛背后

有着怎样博大的深刻

你的黑暗比光明更让人敬畏

改写一段历史

理论上来说
如果朝着时间相反的方向
用光速奔跑，便能
找到那一年
刚拍完合影
从照片上走下来的你
我选择最恰当年纪的我
走向你，在那个初秋
该如何开口介绍自己
打招呼，对你微笑

我拿着所有答案
拿着未来
但我如何让你像现在
一样，渴望认识我
与我交谈并请我吃一支雪糕

我该如何做到，让你对我

一见钟情，像未来的真实的某天

想看又不敢多看一眼

我该怎么做，才可以在那个时候

就遇见你，并且让你

像现在一样对我心动

我在三亿人中找到——

穿着浅色衣服的你

风正扬起尘土

此刻风正扬起尘土
（或尘土扬起了风？）
扬起柳枝和它细小的新叶
树干抱着自己粗糙的皮肤
岿然不动

这里还有一本，打开
却无人阅读的诗集
它被静置在一条长河中
遥远如大海上的一片白帆
梦中的一个符号
它不希望被风打扰
沉醉在自身的孤寂
自己深刻的内部……
而此刻，风
正扬起尘土

可能性

一滴雨迟疑着
从倾斜的玻璃上滑下
快速地落进小水潭
消失不见
很多雨，重复着同样的过程
天空，一整片灰白色

一些落在我脸上的雨
顺着脸颊
成为细小溪流
滑过脖颈
走不动了，便停下来
这可能是我为雨所提供的
另一种命运

水井

水井有着自己的干渴

它不仅仅是一个敞开的出口

它是丰盈的井水自身，不只是盛满了水

它也是镜子，荡漾出

水桶、打水者的姿态

同时它是一条河流

而每一只打满了水的木桶

就是一口水井

冬

短歌

雪落在了一月
一朵迎春花上
落在了天空，纷纷扬扬
雪，落在了心上
那些短暂的
漫长时光
被送到了地平线的后面

河风吹来，我的头发暗藏一句诗
伸出手的刹那，零星的雪
已白过了一切白
多么简洁的人间……
都离开了
这些燃烧着的雪！

口红

因此我妩媚起来——

各种红的颜色

我爱正在对镜涂口红的

女人，和

某个瞬间　忽然空白

舒缓的自己

我爱口红

当涂了口红的嘴，对

爱人说话时，语言是喜悦的

并且这喜悦为双重

当你把目光沉入我的眼中

我会忽视其他含义

我在考虑，如何把

一个最大的秘密

用一支红色的口红转述给你

隐身术

整个冬天，我都想念
南山的一块石头
无数个黄昏
落日橙红色的余晖，光滑如丝绸
包裹着石头
和石头之上的人

我告诉风和芦苇
我想变成一块同样的石头
可一切都晚了
成为石头的机会已经丧失
我只能以石头的模样
站立在整个世界的身后

哦，冰雪来临之前
人们啊，请别打扰我的疯狂

我得按照石头的方法

找到那条通往南山的小径

然后，在石头的旁边

学会隐身术

雪人

嗨，雪人

你好

他们把雪一片一片收集起来

堆积成你现在的模样

称你为：雪人

有了人的名字，便有了

类似人的生命

构成你身体的雪花化成水

每一滴都是你　无法擦拭的泪

而你缓缓融化的命运

多么像一场，无声的杀戮

在你的生日

无关年龄
一个人总有
一些事会第一次做
在你的生日
我什么也做不了
哪怕怀揣漫长海岸线边所有
被搁浅的盐粒

我只能做一件事
第一次，为某个生日写一首诗
填满芬芳
……
写到这里
忽然感到了累
因为我发现，再也没有什么可以给你

该给的都给了之后

我这个衣不蔽体的人

只剩窘迫

现在，把窘迫也给你了

白日梦

还不够苦
远远不够
也不够黑不够浓
不够让人有一饮而尽
釜底抽薪的欲望

请容许我如此表达：欢爱一万次
将吻落在四千个清晨之上
养花养草，备好水果
做好早餐
有人醒来后就可以吃
如果阳光正好洒在餐桌和鲜花
那就是天堂

但生活并非这番模样

天国并非人人可以抵达

我们愚昧且无知

又对死亡毫不知情

我们所缺乏的，即是奋不顾身

也是每一个白日梦的主题

天堂无法企及

地狱也不能唾手可得

我要进入黑洞，落入无穷无尽之中

无解之题

遗忘是我们向天空
应学的智慧
因为鸟儿飞越天际
而天空依然是天空
云朵也不为之所动
只和时间并肩在天穹漫步

回忆并不美好，所有的回忆
必将遁入一种悲伤
但我却为什么，贪心地
想留住暮春夜晚的
一丝温煦

证据

白色的猫高竖着它的尾巴
从花园里走出
消失于围墙之外
一棵杜仲树在风中
剧烈地
抽打着自己
幸好还有这扇窗

让被天使审判过的罪人
在其生命渐熄之前
得以逃离现场

那天你说“今天这里大风，
写写风吧……”
而此刻，谁能为我提供一个
不在场的证据

让我有据可循

在哀伤、无能为力的片刻

在故事发生时

我花团锦簇

却又只剩一根枯枝

芦苇，起风时最美

简洁

活得像冬天

像果实

像起风时河边的芦苇丛

守着一群野鸭

无声地

大声说话

有时我们需要有人

描写一些真实的美好

有时我们需要一场雪

短暂　染白

抵达

有时渴望在一个瞬间
就抵达暮年
我早已深爱上了黄昏与冬天
不再有起伏的情绪
大河的缓流驶向平原
与苍茫的白色合为一体

我谅解了那个年轻人
对错误与忧伤，报之以
相同的微笑
我召唤所有不尽人意的时刻
和快乐短暂的时光握手言和

从深海出发
经过物理的长途跋涉

如今心满意足，再次融入

一片无尽的汪洋

一到冬天

一到冬天，
就温暖了
世界只剩下了白
一到冬天，
那些泛灰的激情，就
退场了
一到冬天，
大雪落不落，都有
雪落的喜悦
一到冬天啊，就想到了你
以及，来自于你的
逼仄的拥抱

我舍不得

我舍不得
用我的诗歌描述残忍的字眼
舍不得给我的文字
穿戴上穷人的衣服
我舍不得
把甘肃省的新闻放进我的诗歌里

但我从小就知道，在我们甘肃
只有农民才不会像我
只喜欢干净的字眼
也不会像我一样无知
他们知道农药的多种用途
生活永远不会走投无路
大不了就躺在地里，
把自己当害虫，杀死在
甘肃的村庄里

于是就有了

一个男人将一大四小

五具尸体收拾妥当

考虑到农药是通往天堂的一条捷径

他便紧追其后，跟上前去

下班路上

一条河，一条街
五个十字路口
等红灯、走斑马线
用脚丈量的长度
被裁去命中的时间
线段图，一段段消逝

这黄昏的寂静
河风吹起的头发
逮住什么就观察什么
比如现在
河面上的水蚂蚱
它轻盈的动作
似乎也透露出一种
不屑于瓜分什么的态度

停留

只有钟表秒针的声音
在切割着什么
计算着什么
遵循着严谨周密的规律
划过了什么，闭合了什么
我的心中多出的一颗心
有细微的抽泣

停留在过去的河流中
等待一张网将我打捞
停在幽深黑暗中
再没有比此时
更为宁静的时刻

爱情

我喜欢简单明确的指令

如，让我燃烧

在你的身体之上

熔岩淹没我们

让我如溪水冰凉的

舌头，缓慢

舔舐花草、根茎

以及那些

最微小的孢子

像大地对天空

我也承受你所有的蓝、灰和大气压

我们闭上眼睛，敞开毛孔

任风进驻、满溢

我们必须快一点
赶在下一个季节到来之前
但此刻先慢一点
再慢一点，最好静止不动
像夏天最后两株向日葵
随着星际的运动
观看云朵变化

我们有时是林中野兽
有时是荒野植物

植物与动物

植物：

矢车菊，谁给你命的名？

花，谁先用这个字称呼你们

这种，那种，种种的这些被称为

植物的各色物质

是什么人，在哪一天

赐予你们姓名，注入含义

于是在固定的名字中，你们

有了某种记忆，某类灵魂

某缕芳香

是谁赋予我们相似的命运？

……

有时甚至为了记住名字

我们会用心记住你们

大致轮廓，色彩、形状

却懒于凑近去看看独一无二的

从名字中流淌出的本质

你们蜷曲或舒展，新生或腐败

都被我们以惯性去粗鲁地解读

并自鸣得意。我感到羞愧

动物：

看，三条狗跑过去了

三条不一样的狗

鹿犬、吉娃娃、泰迪

我们管它们叫“狗”

它们管我们叫什么

会不会边跑边说

“看，那儿有一条狗，在看花”

为了铭记

我们是否遗忘掉了什么……

我认识一个诗人

看到名字，就知道是他
那个骑二八自行车
脸庞黝黑，胡子拉碴的男人
那时他年轻，读高中
后来他成了历史老师——
有次上课，两只衣服口袋翻露在外
全班学生都在笑
他写父亲，写庄稼
他写铁匠的炉火和汗水
写陌生女子
他的文字浪漫而飘逸
唯独我知道他的模样
一点都不像一个诗人
现在他老了，只写自己的命

寄居者

灵魂寄居于肉身
肉身寄居人世
雪豹、蜂鸟、银鱼和鹰隼
被一头脚踝绑有铁链的大象统领
寄居于我的灵魂之中

从日出到日落，年复一年
直到身体归于尘土
它们才会回到该去的地方
而我也将长舒一口气，彻底
告别一个寄居者的身份

最后

保留一点恰到好处的张力
观察
那股视觉无法理解的
无穷致命的引力，来自何方
是谁赋予你？
哪个复杂的程序
令你启动了好奇心

谁的安排？何种物质的演变？
不同星际的行星热烈碰撞
并探索彼此
二，成为一

也许一束古老的神秘之光
照亮了黑暗中的两个点
就在我们寻找光源的瞬间

看见了虚无的十字架

你说：荒漠中的一朵玫瑰

……

而我们未曾说出的是最后

将一本打开的书合上

步履沉重，我独自向前走

谜底

该怎样表达，这卑微的全部
有一天我想告诉你我父母的姓名
有一天我发现在用忧伤爱着你
有一天我想像童年时，打开百宝箱
给你晶莹闪亮的糖纸、画片
塑料项链、圆点蝴蝶结
再带你去那条河那座山玩耍

而现在我把一切给你
打开自己的心
却是阴冷潮湿，落满枯叶
不见阳光的森林
以及预料之中——
不再挺拔的乳房、皱纹
一个母亲的痕迹……

抱歉啊，这个无用的人

背着破碎的往事、半生的记忆

盲目地以沙漠对雨水饥渴，来爱你

我贫穷的双手，只渴望接受

来自于你的怜悯

你久久地拥抱我

将吻置于我的黑发之上

你的眼睛是夜的湖水

但你能得到什么

一个谜面、一个谜底

一个开始？

我把一条溪流

全部的清澈献给你

你高于我的梦想

给你一把剑

给你指认我最柔软的地方

石椅

那边摆放着两排石椅
共八张
从未有人坐过
有时停歇几只麻雀
有时落几片黄叶
下雪的日子，就会有厚厚的积雪
其余时候，它就像
未被打凿时那样
容身于万物中
保持着自己石头的本性

令人好奇的

是沉默之下的东西
水草对水说了什么
风对松树说了什么
冷静下来的岩浆
在灰色的冷却之后
对火山说了什么

两个席地而坐的女孩
窃窃私语些什么
四把无人坐的石椅上
空白着的是什么
我去世的外祖父，对
接纳他的土地和等了他二十年的
外祖母说了什么

我们不再互道晚安以后的夜晚

寂静里的，是什么

侧影

相对于实体
我更喜欢看倒影
在水中起伏波动
像月亮以浮动代替语言
诉说

相对于正面
我更喜欢看侧影
你不注视我时的寂静
在你沉入别的事物
我感到你是我的
又不属于我的一面

年月

有时候，天空是白色的
像现在。有时候天空也是
蓝色的（或红色和黑色）
有时候，噪音也是温和的
对于无力承受的人

而每当天空是白色的时候，一些雨
落在了哪里。燕子
去了哪里
吹过这些叶子的风躲在哪里
那些，我未曾涉足之地
窄如手掌的年月
在哪里？

所见

对面河堤上

走着三个穿孝服的人

在陇南，孝服是白帽、白衫、白鞋

白麻布制成

三人走成一列，狭窄的河堤上

没有哭声、未见棺木

没有鞭炮、纸钱、金山银山、

庞杂的送葬队伍

我惊异于这种安详

目送他们走远

我们之间隔着干涸的河床、静止的芦苇

清晨的雾气，突然飞起的

一群麻雀

再见

给添满的水杯继续添水
水溢向桌面，倒影里
我看到阿赫玛托娃戴错的那只手套
走不完的三级台阶
那次最后的会晤
我看到三次圆月
路边的悬铃木与石榴花

我想起祖母独特的告别语——
再见你
在“再见”后面加上“你”
以此强调一定会再见你，而不是别人

我看到最后一块湿地上
最后一只白鹭的起飞

优雅如初的美

现在我要说再见

是再见，而非再见你

蔫气球

我们并非彼此想象中的样子

我有贪婪、怯懦、虚伪的内心

大风吹不走的阴郁

积攒在额头

每天强颜的欢笑

告诉人间：我很好

也顺便赶走那些小鬼

但是当我每个夜晚坐在镜前

一点点擦拭掉白天的妆容

便像卸了甲的武士

掩藏不住的外伤一一暴露

也像跑了气的气球

突然间收缩，“吧嗒”一声

自孩子手中掉落

在月亮的眼睛里

旋转楼梯上，仿佛
行走于清醒的梦中
黑暗没有尽头
高处的小窗格外
遥远的月球
像那只被落日震撼，遗忘了怀中木瓜
非洲草原上的大猩猩
我忘掉了一切

夜空和属于它的云正在完成一个杰作
它们玩着水墨晕染的游戏
云将自己幻化为水迹
氤氲于夜墨中，有形地流动
围绕在苍白的月球身边
我是游戏偷窥者

而在月亮的眼睛里
沧海一粟的一瞥中
我的渺小，忽然变得伟大
就在刹那间，流逝时间中
我们拥有了一个永恒

如果我爱你

我给你的一定是别人看不到的——
密林中的小屋，旧照片里
一只哭泣了 20 年的布娃娃
举出双手渴望的一个拥抱
小碗中可口的食物
一些糖和咧嘴笑时的龋齿牙
给你，我的童年和被打断的灵感
少女时代，无知与阴郁
暮年的皱纹，皱纹里含盐的辽阔
如果我爱你
我给你颤抖、泪水与双唇
我身体柔软的温度
背诵泰戈尔诗歌，声线的苍茫
辽远的故乡，对祁连山与戈壁滩的回忆
还有秋分过后
西秦岭深处的斑斓

我给你整个世界。风过后
西汉水边芦苇丛的全部静谧

可如今我不爱你，我只能与你
微笑、问好、握手
寒暄和道别

咖啡馆记忆

（一）

那么让我擅作主张，代你写下
某个咖啡馆角落的记忆
——我在翻看一本刚买的书，你搅动着
杯中拿铁的拉花
我们百年前就相识，因而此生
也并无拘谨，不过是花了些时间
寻找。武汉路的小小恶作剧
让我们记住了汉口

我永远不会看到你眼中的我
你把什么光束打到了我的身上？
而我们之间更为美好的是
天使飞过的沉默片刻，以及
彼此双眸里
悬铃木留下的细碎树影

（二）

并不是每个人都活在正进行的呼吸里
我靠回忆和想象来对付此时此刻
于是忆起，你每次对我伸出的手
想象 2016 年初冬的下午
上海那个咖啡馆角落
你看到了什么
想了些什么

我已掌握有关未来的某些预测
像率先抢到玩具的孩子，像懂得幻术的
女巫。我告诉你——
“在某些地方，简单的生活和光明
温暖、快乐和绝对的干净”
而你也告诉我，遵从内心

尽管人们不停地失去与忘却
但也不断地获得着未来和
对往昔之忆

天还是亮了

“艺术创作与艺术家的生活是两回事
生活照例会很糟糕”
“性直，男人脾气，有事压心头”
进入隧道，我在想这两句话
并且无望地企图，此路漫无止境
这样就可以一直待在黑暗中
与内心对视
幽深且沉重的寂静
但车还是驶出了这六公里涵洞，
青色的云裂成大理石般的花纹
阳光见缝插针，从裂缝中射进来
这是料定的绝望——天亮了
像挡也挡不住，无可避免
无法被艺术拯救的人生

天亮了

我再次拉下幕布

再次戴上假面

信使

据说忍冬花度过了冬天
就改名为金银花
现在下着小雨
但依然被确定为冬天
据说，一个人能够抵达的制高点
是过目即忘

每次独自微醺之后
总有想写一封信的欲望
投递到从未去过的地址
而楼下街边
早已没有邮筒

还是想做一名信使
在冬小雨中
替那些至今仍在写信的人

交换陌生的、馨香的心事

也替那些苦苦等候的人

送去一个小小的好消息

冬日下午在天坛

来这里的人们，脚步都慢了下来
没有什么值得去追赶
跑步的人脚步轻缓
孩子踩着滑板车滑过
母子俩边走边分吃一颗橘子
天是蓝的，霾已尽散

既然能容纳五百余年和以后更多的岁月
也就可以稀释千余人匆匆的脚步和纷扰的内心
在古代，祭祀是一件大得不得了的事
在现代，慢一点
是一件很大的事

喜鹊叫声欢畅
冬青树冒出翠绿的新叶

“你看这天儿多好”

过路的老太太对老头子说

我在这里读着一首诗

就想一直这么坐着、坐着

坐成眼前的这些松柏

一样生根、发芽，一样苍老

写给远方的雪

凌晨三点，我从雪路走来
雪以各种姿态呈现自己
雪是变幻无穷的美

但我更为深爱的一场雪
飞舞、纷扬在远方
一如从前有过的思念
隆重盛大、洁白无瑕
无限释放、燃烧
它奋不顾身的姿态
有雪的天性
会停在一朵腊梅枝头
也愿坠入万劫不复的悬崖

而雪诞生、飘落、消融

以及晶莹的姿态

也像一场不计后果的爱

除夕夜

窗外的鞭炮声
炸裂了空气。两片枯叶在烟花吹起的
风中颤抖。我把一个自己灌醉——
把一个自己送给碎片与灰烬
把一个自己水葬
把一个自己弃于远方
把一个自己化好妆，涂好口红
和亲人团聚
缺席的另一个自己，正打开一本旧诗集
从第一首读起
最后一个自己，枯木般
独坐。炮声不绝于耳

我的妈妈一次只生下一个孩子
我行在自己的路上，伶仃一人
没有相遇，没有

擦肩而过。不会有第二个人
一生不会见到同类
这一切，我早已了然于心

但我卜的第一卦为“离”
它是火，它是光明
除了继续前行，我别无选择